하루 한 편의 시를
읽고, 쓰고, 가슴에 새기며
감성 여행을 떠나보세요.

필사한 시의 삽화를
나만의 색으로 채색하며 복잡한 마음을
차분하게 달래보세요.

감성여행에 취하고
힐링하는 동안
멋진 나만의 시화집이 완성됩니다.

KB126314

1. 두뇌활동을 자극시키는 치매예방 활동교재로 사용할 수 있습니다.

시를 읽고, 집중해서 한 글자 한 글자 쓰고, 나만의 색으로 표현함으로서 자신을 표현하고 성취감과 자신감을 높여주며,
언어력, 집중력, 기억력, 지각력 등 두뇌활동을 자극하여 치매예방에 도움을 줍니다.

2. 필사와 컬러링을 같이 할 수 있습니다.

필사는 손으로 글씨를 적는 활동을 통해 마음을 힐링 시켜줍니다.
손의 자극과 연필의 사각사각 소리 등 다양한 감각을 통해 두뇌에 자극을 줍니다.

컬러링은 심리적 긴강감을 이완시키고 안정감을 주어 힐링 효과와 함께 두뇌 발달과 소근육 발달, 자기표현 능력도
높여주어 치매예방에 좋습니다.

3. 누구나 쉽게 시작할 수 있습니다.

글자크기를 키우고 그림의 난이도를 조절하여 누구나 쉽게 시작할 수 있도록 제작되었습니다.
아이들부터 어르신까지 필사와 컬러링을 같이 할 수 있는 책입니다.

"나만의 시화집 컬러링 필사책" 이용방법

1. 시를 천천히 눈으로 읽어보세요. 두 번째 읽을 때는 소리내어 읽어보세요. (낭독)

2. 오른쪽 여백에 시를 한 글자 한 글자 써보세요.
   (시를 한 문장씩 기억해보며 써보는 것도 좋습니다)

3. 시를 다 적었다면 내가 표현하고 싶은 색상으로 스케치된 그림에 색을 칠해보세요.

4. 완성 된 나의 필사본을 보면서 한 번 더 읽어보세요.

5. 마지막으로 내가 느꼈던 점을 주변 사람들과 이야기하면 더욱 좋습니다.
   TIP) 시의 주제에 맞는 회상활동은 기억력에 도움을 줍니다.

돌담에 속삭이는 햇발

-김윤식-

돌담에 속삭이는 햇발같이
풀 아래 웃음짓는 샘물같이
내 마음 고요히 고운 봄 길 위에
오늘 하루 하늘을 우러르고 싶다

새악시 볼에 떠오는 부끄럼같이
시의 가슴 살포시 젖는 물결같이
보드레한 에머랄드 얇게 흐르는
실비단 하늘을 바라보고 싶다.

여름 비

-방정환-

여름에

오는 비는

나쁜 비야요.

굵다란 은젓가락

내리던져서

내가 만든

꽃밭을

허문답니다.

여름에

오는 비는

엉큼하여요.

하 ─ 얀 비단실을

슬슬 내려서,

연못의

금잉어를

낚는답니다.

반디불

-윤동주-

가자 가자 가자

숲으로 가자

달조각을 주으러

숲으로 가자.

----그믐밤 반디불은

----부서진 달조각,

가자 가자 가자

숲으로 가자

달조각을 주으려

숲으로 가자.

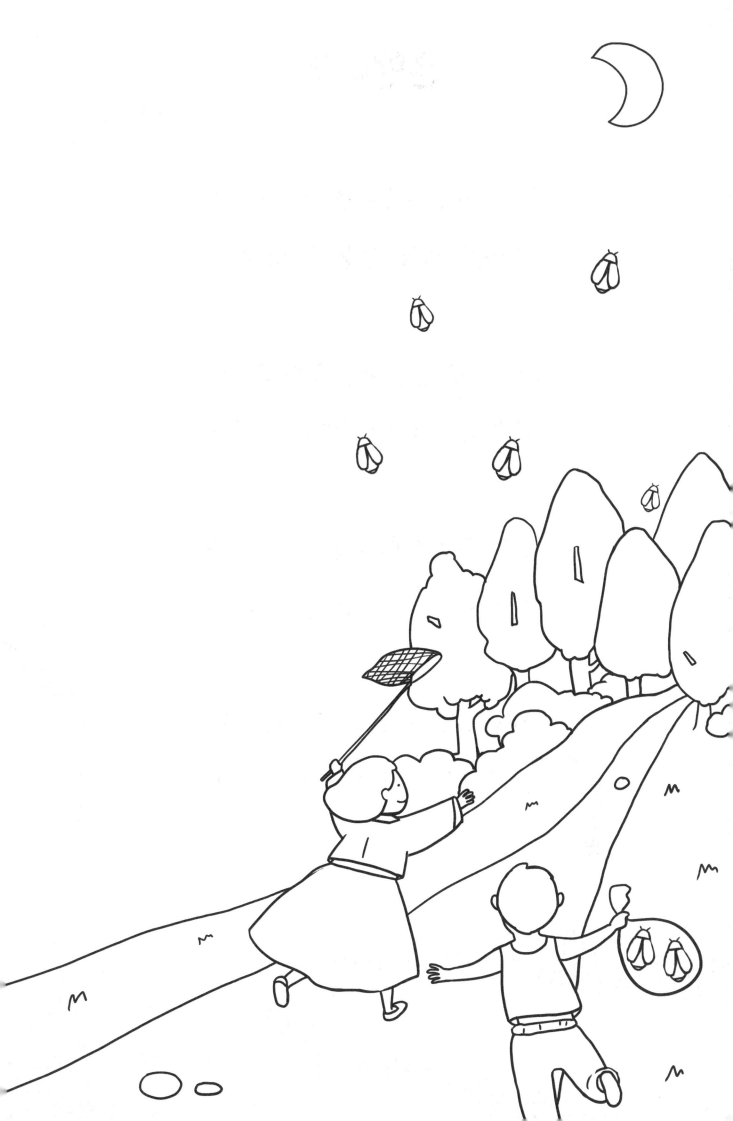

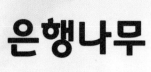

은행나무

-권태응-

우리 동네 은행나문 굳고 큰데도

어쩌면 열매 한 톨 안 달리고

건너 마을 은행나문 그리 안 큰데

해마다 우룽주룽 열매 달리나?

우리 동네 은행나문 수나무구요

건너 마을 은행나문 암나무래요

아하하하 우습다 나무 내외가

몇백 년을 마주보고 살아온다네

장날

-노천명-

대추밤을 돈사야 추석을 차렸다.

이십리를 걸어 열하룻장을 보러 떠나는 새벽

막내딸 이쁜이는 대추를 안 준다고 울었다.

절편 같은 반달이 싸리문 위에 돋고건

건너편 서낭당 사시나무 그림자가 무시무시한 저녁

나귀방울이 지껄이는 소리가 고개를 넘어 가까와지면

이쁜이보다 삽살개가 먼저 마중을 나갔다

건강한 잠

-김소월-

상냥한 태양이 씻은 듯한 얼굴로

산속 고요한 거리 위를 쓴다.

봄 아침 자리에서 갓 일어난 몸에

홑것을 걸치고 들에 나가 거닐면

산뜻이 살에 숨는 바람이 좋기도 하다.

뾰죽 뾰죽한 풀 엄을

밟는가봐 저어

발도 사뿐히 가려 놓을 때,

과거의 십년 기억은 머리속에 선명하고

오늘날의 보람 많은 계획이 확실히 선다.

마음과 몸이 아울러 유쾌한 간밤의 잠이어.

눈

-허 민-

살금살금 흰 눈이 얌전하게도

곱고 고운 모양을 나타냈어요

잎 떨어진 나무에 꾸미겠다고

살금살금 나려서 덮어 줍니다.

슬쩍슬쩍 솜눈이 아담스럽게

아름다운 자태를 보이고서요

험살궂은 집 울을 단장하는지

슬쩍슬쩍 나려서 덮어 줍니다.

사랑하는 까닭

-한유천-

내가 당신을 사랑하는 것은

까닭이 없는 것은 아닙니다.

다른 사람들은 나의 홍안만을 사랑하지만은

당신은 나의 백발도 사랑하는 까닭입니다.

내가 당신을 사랑하는 것은

까닭이 없는 것은 아닙니다.

다른 사람들은 나의 미소만을 사랑하지만은

당신은 나의 눈물도 사랑하는 까닭입니다.

내가 당신을 사랑하는 것은

까닭이 없는 것은 아닙니다.

다른 사람들은 나의 건강만을 사랑하지만은

당신은 나의 죽음도 사랑하는 까닭입니다

나만의 시화 한편을 만들어보세요. 내가 좋아하는 문장을 적어보거나
직접 시를 짓고 어울리는 그림을 그려보셔도 좋습니다.

나만의 시화 한편을 만들어보세요. 내가 좋아하는 문장을 적어보거나
직접 시를 짓고 어울리는 그림을 그려보셔도 좋습니다.

나만의 시화 한편을 만들어보세요. 내가 좋아하는 문장을 적어보거나
직접 시를 짓고 어울리는 그림을 그려보셔도 좋습니다.

나만의 시화 한편을 만들어보세요. 내가 좋아하는 문장을 적어보거나
직접 시를 짓고 어울리는 그림을 그려보셔도 좋습니다.

나만의 시화 한편을 만들어보세요. 내가 좋아하는 문장을 적어보거나 직접 시를 짓고 어울리는 그림을 그려보셔도 좋습니다.

나만의 시화집
컬러링 필사책

초판 1쇄	2021.01.30.
지 은 이	유순덕
글 귀	공유마당
그 림	barbar@copyright.all righis reserved.
펴 낸 곳	예감출판사
펴 낸 이	이규종
등 록	제2015-000130호
주 소	경기도 고양시 일산동구 공릉천로 175번길 93-86
	서울 마포구 토정로222
	한국출판콘텐츠센터 422-3
전 화	02-6401-7004
팩 스	02-323-6416
I S B N	979-11-957096-71-7 13810

값 3,500 원